AF452609

VENTE

D'ESTAMPES

DE L'ÉCOLE FRANÇAISE DU XVIIIᵉ SIÈCLE

IMPRIMÉES EN NOIR ET EN COULEUR

Hôtel des commissaires-priseurs, rue Drouot, 9

SALLE Nᵒ 6, AU PREMIER ÉTAGE

Le Jeudi 6 Avril 1882

A DEUX HEURES.

Par le ministère de Mᵉ **TUAL**, commissaire-priseur

RUE DE LA VICTOIRE, 39

Assisté de MM. **DANLOS** Fils et **DELISLE**, marchands d'estampes

QUAI MALAQUAIS, 15

CONDITIONS DE LA VENTE

Elle sera faite au comptant.

Les acquéreurs paieront cinq pour cent en sus des enchères.

MM. Danlos fils et Delisle, chargés de la direction de la vente, se résérvent la faculté de diviser ou de rassembler les lots.

DÉSIGNATION

ALIX (P.-M.).

1. Portrait de Mme Saint-Aubin de l'Opéra-Comique, gravé en couleur, d'après Garneray. — Très belle épreuve rognée, au trait carré.

ANONYME.

2. Le Prince Lambesc aux Tuileries. — Très belle épreuve d'une jolie pièce en couleur, intéressante comme costumes; sans marge.

BAUDOUIN (d'après P.-A.).

3. Le Carquois épuisé, par De Launay. — Belle épreuve coupée dans la gravure.

4. Le Danger du tête-à-tête, par Simonet. — Belle épreuve.

5. L'Enlèvement nocturne, par Ponce. — Belle épreuve, coupée dans la gravure.

6. Le Goûter, gravé en couleur par Bonnet. — Très belle épreuve.

7. Le Lever. — La Toilette. Deux pièces faisant pendants, par Massard et Ponce. — Belles épreuves.

8. Parlez tout bas, marchez tout doux. Très jolie réduction gravée par Saint-Non, à la manière du lavis. — Très belle épreuve tirée en bistre; sans marge.

9. Qu'est là? — J'y vais! Deux pièces faisant pendants, gravées en couleur par L. Marin. — Très belles épreuves. Rares.

10. La Surveillance en défaut. Petite pièce très rare gravée en couleur par Noipmacel. — Belle épreuve sans marge.

BEAUFORT (d'après).

11. Diane au Bain. — Suzanne au Bain. Deux pièces faisant pendants, gravées en couleur par Bonnet. — Très belles épreuves, la première est avant toutes lettres.

BOILLY (d'après L.).

12. La douce Impression de l'Harmonie. — Suite de la douce Impression de l'Harmonie. Deux pièces gravées en couleur par Wolff. — Très belles épreuves, sans marges.

BOUCHER (d'après F.).

13. Jeune Fille en buste, vue de face ; gravée aux deux crayons par L. Bonnet. — Très belle épreuve sans marge.

14. Le Repos champêtre. — La Tendresse champêtre. Deux pièces coloriées faisant pendants, gravées par L. Bonnet. — Très belles épreuves.

15. Vénus aiguise ses traits. — Vénus tenant le symbole de l'Amour. Deux pièces faisant pendants, gravées en couleur, sous la direction de Bonnet. — Très belles épreuves.

16. L'Amitié réciproque. — La Bergère bienfaisante. — L'Apparition des Anges aux Bergers. Trois pièces gravées à la sanguine par L. Bonnet. — Très belles épreuves.

17. Enfants endormis. — La Jardinière Fleuriste. — Les Laveuses, etc. Cinq pièces gravées à la sanguine par L. Bonnet. — Très belles épreuves.

18. Vénus sur un Lit de repos, gravé à la sanguine par Petit. — Très belle épreuve.

19. Jeune Fille portant un Panier d'œufs. — Jeune Bergère tenant une Houlette. Deux pièces gravées à la sanguine par Demarteau. — Très belles épreuves.

20. La Bohémienne. — Les Laveuses. — Jeune Fille à la Raquette. — La Bergère endormie. Huit pièces gravées à la sanguine par Demarteau. Numéros 43, 58, 70, 78, 81, 105, 111 et 124. — Très belles épreuves.

21. Jeunes Filles en bustes. Nº 127. Deux pièces gravées à la
    sanguine par Demarteau. - Très belles épreuves.

22. Les OEufs cassés. — Le Maraudeur. Numéros 128 et 129.
    Deux pièces faisant pendants, gravées à la sanguine
    par Demarteau. — Très belles épreuves.

23. La Poésie. — Bergère. — Sainte Famille, etc. Cinq pièces
    gravées à la sanguine par Demarteau. Numéros 135,
    146, 170, 176, 183. — Très belles épreuves.

24. Jeune Fille et Enfant. — Jeune Fille à la Hotte. — Les
    Baigneuses, etc. Quatre pièces gravées à la sanguine
    par Demarteau. Numéros 212, 225, 296, 346. — Très
    belles épreuves.

25. Études de Têtes de Jeunes Filles. Numéros 132, 239, 303.
    Cinq pièces gravées à la sanguine par Demarteau. —
    Très belles épreuves.

26. La Jeune Jardinière. — Les Jeunes Oiseleurs. — Le petit
    Poète français, etc. Cinq pièces gravées à la sanguine
    par Demarteau. — Très belles épreuves sans marges.

27. Études de Têtes de Jeunes Filles. Quatre pièces gravées
    à la sanguine par Demarteau. — Très belles épreuves.

28. Baigneuses. — La Jeune Mère. — Berger et Bergère. Trois
    pièces gravées à la sanguine par Demarteau. Très belles
    épreuves.

29. La Danse allemande. Enfants jouant avec un Chien. —
    Érigone, etc.. Quatre pièces gravées à la sanguine, par
    Demarteau. — Très belles épreuves.

30. Berger et Bergère. — Intérieur de Ferme. — La Jeune
    Famille, etc. Quatre pièces gravées à la sanguine par
    Demarteau et Dazincourt. — Très belles épreuves.

31. Jeunes Filles en buste. — Études d'Amours. Cinq pièces
    gravées à la sanguine par Demarteau et Bonnet. —
    Très belles épreuves.

BOUCHER ET **HUET** (d'après).

32. Vénus parée par l'Amour. — Érigone. Deux charmantes
    pièces faisant pendants, gravées aux deux crayons par
    Bonnet. — Très belles épreuves sans marges.

CARESME (d'après).

33. L'Amant pressant, par Phelypeaux. — Très belle épreuve
en couleur, sans marge.

CHALLE (d'après).

34. La Mère abandonnée, par Vidal. — Marton, d'après
Baudouin. — Jeune Femme prenant une tasse de café,
d'après de Troy. — La Jeune Dévideuse, d'après Peters.
Quatre pièces. — Belles épreuves.

CIPRIANI et WOLLF (d'après).

35. L'Amour caressant la Beauté. — Le Bain. Sujets allégoriques. — Cinq pièces en couleur. — Belles épreuves.

COCHIN (d'après N.).

36. Portrait d'Homme représenté en pied assis sur une chaise;
gravé à la sanguine par Demarteau. — Très belle
épreuve.

37. Portrait en buste d'une Dame âgée; elle est vue de profil,
dirigée vers la gauche et tient une lettre décachetée
à la main; gravé à la sanguine par Demarteau. — Très
belle épreuve.

38. Le Plaisir des Bonnes Gens, gravé à la sanguine par
Mme Lingée. — Très belle épreuve.

COCLERS (L. d'après).

39. Dame tenant un éventail, par L. Claessens. — Belle
épreuve avant la lettre.

40. Jeune Homme regardant une jeune Fille à la lumière, par
Claessens. — Belle épreuve avant la lettre.

COSWAY d'après).

41. Abeilard et Héloïse. — Le Déjeuné. — Le Musicien. —
Les Plaisirs de Cythère. Cinq pièces gravées à la manière noire par Smith et Haid.

COUTELLIER.

42. Portrait de Mlle Olivier de la Comédie-Française, dans le rôle de Chérubin. — Très belle épreuve.

COYPEL (d'après A.).

43. Flore et Zéphyr. Jolie pièce de forme ovale dans un encadrement rehaussé d'or; gravé en couleur par Bartolozzi. — Très belle épreuve sans marge.

DESHAYS (d'après).

44. Honny soit qui mal y pense. Pièce gravée à la manière noire. — Très belle épreuve coloriée.

DESRAIS (d'après).

45. La Déclaration. — Le Jugement de Pâris. — Deux très jolies pièces intéressantes comme costumes et faisant pendants, gravées en couleur par Audebert. — Très belles épreuves sans marges.

DE TROY (d'après).

46. L'Ornement de l'esprit et du corps. — Belle épreuve.

DIVERS.

47. Études d'Amours, Sujets mythologiques. Six pièces gravées à la manière du lavis. — Belles épreuves sans marges.

48. Portrait de Louis XVI. — Jeux d'enfants. — Sujets mythologiques, etc. Neuf pièces en couleur et à la sanguine.

49. Études d'Amours. — Sujets allégoriques, etc. Neuf pièces en couleur d'après Touzé, le baron Gérard et autres.

ÉCOLE ANGLAISE.

50. Lady Beauclerk et sa fille. — Lavinia. — L'Amour vaincu par l'Avarice. Trois pièces en couleur. — Belles épreuves sans marges.

51. Les Deux Amies. — Colin et Chloé. — Le Matin. Trois
     pièces très curieuses comme costumes, gravées à la
     manière noire. — Très belles épreuves coloriées.

52. Provoking Fidelity. — La Route du marché. — La Jeune
     Laitière.—La Petite Marchande de fruits, etc. Six pièces
     gravées en couleur par L. Marin, Tomkins et autres.

53. Jupiter et Léda. — Étude de Baigneuse. — Amour.—Jeune
     Fille à la Mandoline, etc. Cinq pièces gravées à la san-
     guine d'après Barbier, Lancret, Bartolozzi et autres. —
     Très belles épreuves.

54. Jeune Dame lisant une lettre. — Portrait de la Reine Char-
     lotte. — Le Jeu des quatre coins. — Sainte Famille,
     etc. Sept pièces gravées en couleur et à la sanguine
     par divers artistes.

FRAGONARD (d'après H.).

55. Le Serment d'amour. — La Fontaine d'amour. Deux
     pièces faisant pendants, gravées en réduction par Au-
     debert. — Très belles épreuves en couleur, sans marges.

56. Le Verrou. — S'il m'était aussi fidèle. — *Spirat adhuc amor*.
     Trois petites pièces gravées en couleur et à la manière
     du lavis par le Comte de Paroy et autres. — Belles
     épreuves.

FREUDEBERG (d'après S.).

57. Le Départ du soldat. — Le Retour du soldat. — Deux
     pièces faisant pendants, gravées en couleur par Jani-
     net. Très belles épreuves sans marges.

58. Le Coucher, par Duclos. — Belle épreuve.

59. L'Occupation, par Lingée. — Le Boudoir, par Maleuvre. —
     La Promenade du soir. Trois pièces. — Belles épreuves
     sans marges.

GAZARD (d'après F.).

60. Le Malin Cuisinier. — La Gentille Cuisinière. Deux pièces
     gravées en couleur par Vidal. — Belles épreuves sans
     marges.

GARNERET (d'après).

61. Le Roman, gravé en couleur par Mixelle. — Très belle
     épreuve avec marge.

GRAVELOT (d'après).

62. Ninet à la Cour, gravé à la sanguine par Janinet. — Très
     belle épreuve.

HUET (d'après).

63. Le Déjeuner. — Le Souper. Deux pièces gravées en cou-
     leur par Bonnet. Très belles épreuves sans marges.
64. Les Présents du jour de l'An. — Les Compliments du jour
     de l'An. Deux pièces faisant pendants, gravées en cou-
     leur par Bonnet. — Très belles épreuves.
65. L'Accord maternel. — Les Soins maternels. Deux pièces
     faisant pendants, gravées en couleur par Bonnet. —
     Belles épreuves.
66. L'Heureux Chat, gravé en couleur par Bonnet. Très belle
     épreuve sans marge. — Rare.
67. Adam et Ève dans le Paradis terrestre. Pièce très rare,
     gravée en couleur par Bonnet. — Belle épreuve sans
     marge.
68. Le Midi. — Le Soir. Deux pièces faisant pendants, gravées
     en couleur par Bonnet. — Belles épreuves.
69. La Culbute, gravé en couleur par Morret. — Très belle
     épreuve sans marge.
70. Les Présents du berger, gravé en couleur par Auvray. —
     Très belle épreuve sans marge.
71. La Balance. — Le Saut. Deux pièces faisant pendants,
     gravées en couleur par Bonnet. — Belles épreuves.
72. Le Charlatan. — Le Marchand d'orviétan. Deux pièces
     faisant pendants, gravées en couleur par L. Bonnet. —
     Belles épreuves sans marges.
73. La Saucisse. — Vénus et les Amours. Deux pièces gravées
     en couleur par Bonnet. — Belles épreuves sans marges.

74. Pastorales en largeur. Trois pièces gravées aux deux crayons par Demarteau. — Très belles épreuves sans marges.

75. La Leçon de musique. La Leçon de dessin. Deux pièces faisant pendants, gravées en couleur par Bonnet.

76. Jeux d'Enfants. Dix-huit pièces gravées en couleur par Bonnet ou sous sa direction. — Très belles épreuves sans marges.

77. Jeannette. — Chapeau au ballon. — Chemise à la Reine. — Études pour les Demoiselles. Six pièces intéressantes comme costumes, gravées à la sanguine par Bonnet et Guber. — Très belles épreuves.

78. Le Berger et son chien. — La Jeune Laitière. — Études d'animaux. — Trophées. Six pièces gravées à la sanguine et à la manière du lavis par Demarteau et Bonnet.

79. L'Autel de l'Amour. — La Fidélité couronne l'Amour. — Nymphes et Amours, etc. Quatre pièces gravées en couleur par Wolff et Bonnet. — Très belles épreuves sans marges.

80. Le Loup berger. — Le Lion malade. — La Marchande de légumes. — Berger et bergère, etc. Cinq pièces gravées aux deux crayons et en couleur par Demarteau et Bonnet.

81. La Vénus Bacchique, par Voisard. — Belle épreuve.

JANINET.

82. Portrait de Delille en pied. In-8°. Superbe épreuve avant toutes lettres d'une jolie pièce gravée en couleur. — Rare.

83. L'Aimable Paysanne. — Tarquin et Lucrèce. Deux pièces gravées en couleurs, d'après Saint-Quentin et Eisen. — Belles épreuves.

84. Henri IV et l'ambassadeur d'Espagne. — Le duc de Bourgogne et le soldat. — Scènes flamandes, etc. Cinq pièces en couleur d'après Swebach, Sergent et Ostade. — Belles épreuves.

JOULLAIN.

85. Nymphe tenant une guirlande de fleurs. — Vénus aux Co-
lombes. — Érigone d'après le Barbier. Trois pièces
gravées à la sanguine par de Frenne et Demarteau. —
Très belles épreuves.

KAUFFMAN (d'après A.).

86. Sujets allégoriques et mythologiques. Cinq pièces en couleur. — Belles épreuves sans marges.

LAWREINCE (d'après).

87. L'Accident imprévu, par d'Arcis. — Très belle épreuve en
couleur avec la première adresse, celle de Tresca et
avec la faute au mot *mauvaise*.

88. Les Apprêts du ballet, par Tresca. — Belle épreuve.

89. La Marchande à la toilette, par Vidal. — Belle épreuve,
coupée dans la gravure.

90. Le Mercure galant, par Guttenberg. — Épreuve coupée
dans la gravure.

91. Mrs Merteuil and Miss Cecille Volange, gravé par R. Girard.
— Très belle épreuve tirée en bistre sans marge.

92. La Soubrette confidente, par Vidal. — Belle épreuve,
coupée dans la bordure.

93. L'Été. — La Déclaration. — L'Amant écouté. Trois pièces
gravées en couleur.

LAWREINCE et BOREL (d'après).

94. S'il m'aime, il viendra. — Elle ne s'était pas trompée.
Deux petites pièces ovales faisant pendants, gravées
en couleur par un anonyme.

LE BRUN (d'après).

95. La Toilette de la Mariée, ou le Jour désiré. — Belle
épreuve.

LE CLERC (d'après).

96. Portrait d'une Jeune Femme en buste, la tête reposant sur un oreiller. Charmante pièce, dans un cadre ovale ornementé, gravée en couleur par Bonnet. — Très belle épreuve.

97. Jeune Dame et Jeune Abbé en promenade. Gravé à la sanguine par Bonnet. — Très belle épreuve avant la lettre d'une jolie pièce curieuse pour les costumes.

98. Jeunes Filles en bustes dans des médaillons ovales. Sept charmantes pièces gravées à la sanguine par Bonnet. — Très belles épreuves.

99. Études de Têtes de Jeunes Filles. — L'Anglaise. — Didon, etc. Onze pièces gravées à la sanguine par Bonnet, Demarteau et autres.

100. La Jeune Veuve. — La Circassienne. — Jeune Dame en toilette, etc. Cinq pièces à costumes, gravées en couleur et à la sanguine.

101. Jeunes Filles en bustes dans des cadres ovales ornementés. Trois pièces gravées en couleurs par Bonnet. — Très belles épreuves.

LÉON (J.).

102. Marie-Thérèse-Charlotte, Princesse Royale de France; gravé en couleur d'après Ch. Caspar. — Superbe épreuve. Rare.

LE PRINCE (d'après).

103. La Sultane. — Le Messager bien reçu. Deux pièces faisant pendants, gravées en couleur par L. Marin. — Très belles épreuves sans marges.

104. Études de Femmes en pied en costumes russes. Quatre pièces gravées à la sanguine et aux deux crayons par Demarteau. — Belles épreuves.

LONGUEIL (DE).

105. Le Retour à la Vertu. — Très belle épreuve sans marge.

LOUTHERBOURG ET HUBERT-ROBERT.

106. Vues d'Italie. — Paysages. Dix pièces gravées en couleur et à la manière du lavis par Guyot, Saint-Non et autres.

MALLET (d'après).

107. Chit! — Chit!... Par ici!.... Deux pièces faisant pendants, gravées par Copia. — Belles épreuves.

108. L'Amour puni, gravé par Beljambe. — Très belle épreuve en couleur, sans marge.

MOREAU (d'après J.-M.).

109. Les Adieux, par de Launay. — Belle épreuve, sans marge.

MORLAND (d'après).

110. Jeune Femme tenant un masque, par J. Wilson. — Belle épreuve.

PAROY (comte de).

111. La Caverne de brigands. — Très belle épreuve en couleur, sans marge.

QUEVERDO (d'après J.).

112. Le Couché de la mariée. — Le Levé de la Mariée. Deux pièces par Patas et Dambrun. — Belles épreuves.

113. Les Aveux sincères, ou les Accords de mariage, par Martini. — Belle épreuve.

ROSALBA (d'après LA).

114. *Flora, or the Spring,* par And. Miller. — Belle épreuve.

RUBENS et AUTRES (d'après).

115. Les Enfants de Rubens. — Jeune Femme jouant de la Guitare. — Le Colin-Maillard. — Les Disciples de Flore, etc. Neuf pièces.

SAINT-AUBIN (d'après A. de).

116. La Fleuriste, gravé en couleur par Moret. — Belle épreuve sans marge.

TAUNAY (d'après).

117. Foire de Village, gravé en couleur par Descourtis. — Superbe épreuve du premier tirage : avant que les armes et la dédicace aient été effacées.
118. La Noce de Village, gravé en couleur par Descourtis. — Très belle épreuve sans marge.
119. Le Tambourin, gravé en couleur par Descourtis. — Très belle épreuve sans marge.
120. La Rixe, gravé en couleur par Descourtis. — Très belle épreuve sans marge.

VAN-GORP (d'après).

121. La Ruse. — La Réprimande paternelle. Deux pièces gravées en couleur par Honoré et Ruotte. — Très belles épreuves, la seconde est sans marge.
122. Le Déjeuner de Fanfan. — Le Bonjour au Papa. Deux pièces faisant pendants, gravées en couleur par Malles. — Très belles épreuves, la dernière est sans marges.

VANLOO (d'après C.).

123. Portraits de Mademoiselle Vanloo et de son frère. Trois pièces gravées à la sanguine par Demarteau. — Très belles épreuves.
124. L'Amour menaçant, gravé en couleur par Chr. de Méchel. — Superbe épreuve.

WATTEAU (d'après A.).

125. La Mariée de Village. Petite réduction. — Belle épreuve
à l'état d'eau-forte.

WATTEAU (d'après L.).

126. La Quatorzième Expérience aérostatique de M. Blan-
chard, par Helman. — Belle épreuve.

Paris. — Typ. G. Chamerot, 19, rue des Saints-Pères. — 12580.